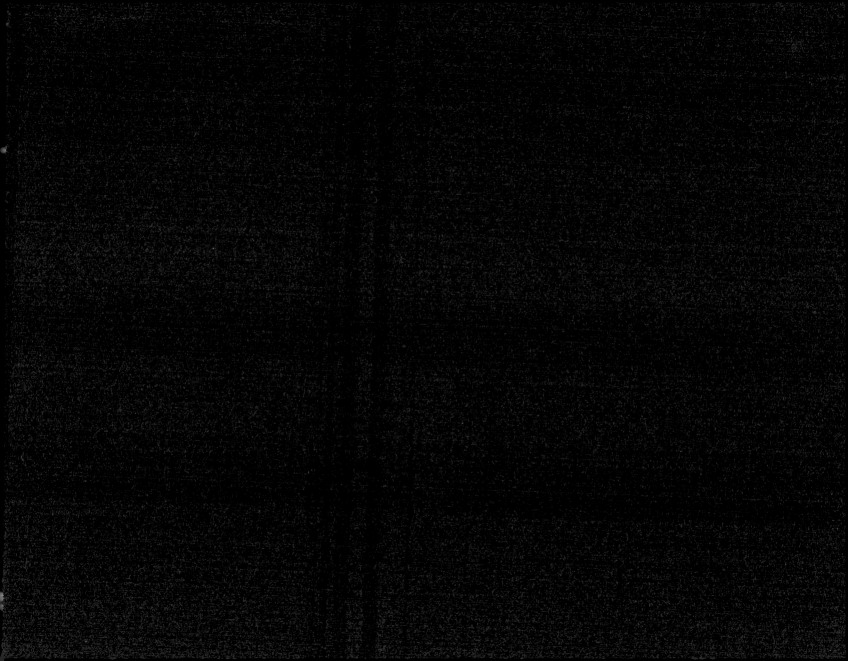

裂果と雷鳴

黒衣の旅人・後篇

河村悟

——或る天使刑の破片

tetecuica

表紙画　河村　悟

目次

黒衣の旅人・後篇

裂果と雷鳴

或る天使刑の破片

Ⅶ（われもまたアルカディアにあり）

五月の

菫《スミレ》いろの

夜の果てに

（贄《ニエ》）を

呼ぶ声がして

目覚める——と、

空の檻をさまよう

月の屍が

木精《モクセイ》の

枯れた

果樹園《カルメル》の

庭に

（ソノ央《ナカ》に

受苦の

薔薇の木が樹《タ》っている）

淡淡《アワアワ》しい

声の花粉を

灑《ソソ》ぐ

仮り初めの

言葉の
血と契り——を
ユダの
胸枝《ムナエダ》に隠し
一塊《ヒトクレ》の
石の夢に
微睡む
花の炎叢《ホムラ》を
一塵の
（埃）の
似像《ニスガタ》に託す
うららかな
青空の
血を浴びて
永遠の
美《ウル》わしい
傷口を
切り劈《ヒラ》くために
（未来樹《ミラージュ》）の

光の巣から

翔《トビタ》つ

白鳥の

種族《ギルグル》に

打電する

額の

五芒星——を、

天に挙げ

起ち尽くしたまま

不死なるものの

剥製の夢

——を、葬り

淡紫《ウスムラサキ》の

月光素に

肉ノ屑を

晒し

死の

肌膚《ハダエ》を

脱ぎ、棄て

沈黙と
熱狂の
針の
孔をくぐる
形なきものの
燃える
口唇のなかの
（火）の
移ろいのように
滲み――、
眩み――、
潤む――、
魔《アヤカシ》の
翳りが射す
（間《アワイ》）の
息という蜜
を、摘み
サムサーラの
花薫る

空に
溢れる
血の青——を
抱きよせる
菫いろの
夜の果てに
「目覚めよ」——と、
（贄）を
呼ぶ声がして
永遠の
瞳（傷口）
——が、劈く
ソノ時まで
アナタは
熟《ジッ》と
光の外で
待つ
「われもまた

アルカディア
に、あり」
――と、耳語《ジゴ》の
ささやきがして
牧神の
死んだ朝
（記憶の女神《ムネモシュネ》）の
花冠《ハナカンムリ》を
台《ウテナ》にした
聖水盤
の、影の方から
金粉の
砂子《スナゴ》が
なにげなく
舞い
零れる
なんの
ひそめきもなく

うららかな
天の掌
が、窄まる
胎盤
の、泉に
なめらかな
葡萄の若枝
を、燃やした
不死の
灰ト種子
を、撒く
薄羽かげろう
の、翔ぶ
夢の
ほとりを
気だるい血
を、流して
ひっそりと
時の止まった

干潟の
肉の、
塵泥《チリヒジ》に
神ノ膝
を屈して
額《ヌカ》を圧しつけ
（白痴《マドレーヌ》）
の、舌の
狂った焔のごとく
（窒息）
という叫び
を、祈りに
代えて
繰りかえし
繰りかえす
最愛の
憎しみに塗れて
蒼い血
の、署名を消し

腐敗の
初まりにある
苦しみの
石を抱き
涙ト唾液《ツバキ》
で、模写した
生命の浮彫《レリーフ》り
——を、摧《クダ》き
荒げなく
禍神《マガカミ》
を、引きずり堕ろし
むくめく
聖体トイウ
（神秘）
を、吐く
コノ、
慎ましやかな
瀆聖《ケナシゴト》に
美の

傷口は
いささかも
害《ソコナ》われず
タダ、益体もなく
淡紫の
肉に
食い込む
彼方の
（血ト爪）を
時の厭《ア》きるまで
齧る
慄えの止まらない
青空の
兎唇《ミツクチ》を
稲妻の
針で、縫い
合わす
ソノ、傷口に
ふたたび

肉の、薔薇窗《マド》が
濡れ、燿《カガヤ》くとき
ヴェネツィアの
入湾《イリウミ》にも似た
孤独の
脣《クチビル》が
割れた柘榴
のように、劈く
ソノ、暗い
（中空《ウロ》）に
死の
花嫁、の
控えの間
が、ある、としたら……
まひる野の
東の端に
虧《カ》けていく
パルミジャニーノの

聖母の
細みの月
が、撓《シナ》る
ソノ、白い浄衣の
裾に
孌童《レンドウ》
の、仄かな
（鬼火《ホムラ》）
を、裹《ツツ》んで
ロ短調の
九月の弥撒《ミサ》
を、献げる
なし崩された
性愛の
黒い子午線
を、はずれて
狂うべくもなく
なだれ打つ
流星の

号《サケ》び
に、微塵の
歎きも
躊躇《タメラ》いもなく
淡然と
壊れた
星々の
井戸に
枯れ草を撒き
火の
言葉
を、投じ
塩漬けにした
光の
生肉、を吊るす
白麻の
半身を
金色の
不死の

花粉で
染め、晒して
乾いた
生命の
木に、からみつく
悪性の
蛇のように
野いばらと
棘の生い茂る
丘の
斜面《ナゾエ》――を、
腹這いになって
上る
まひる野の
東の端で
陽ざかりの
天ノ檻
――が、
開かれる

刻限まで

「われもまた」

――と、耳語の

ささやきがして

牧神の

死んだ

朝に――、

柔らかな雲の

波が

裂《キ》れぎれの

綺羅《キラ》

を、纏い

光ノ影

を、綾取る

つやめかした

青い唇

に、白斑

の、楔《クサビ》を打つ

美神《アルテミス》の
谷間に
（水炎）という
虹彩の
日傘を
ひろげて
獣臭い
草熟《イキ》れのまじる
深緑の
血が運《メグ》る
地ノ檻
の、東の涯て
を、翔《トビタ》つ
焔ノ剣《ツルギ》
が、置かれた
天使ケルビムの
閂《カンヌキ》を越え
夭《ワカ》い双樹
が、樹つ

聖杯ノ庭
に、到る、まで
ひとつの木は
（秦皮《トネリコ》）
——ソノ実は
不死鳥のために
またひとつの木は
（合歓木《ネムノキ》）
——ソノ緑蔭《コカゲ》は
一角獣と
聖母の月
のために

Ⅷ（いつの夜も月にふる雪をおもへ）

いつの夜も
月にふる
雪をおもへ
ことの葉の
散りゆく
塵を
踏みわけて
痛みと
祈りが
累なる
イシスの
星の褥《シトネ》に
かたちの
綺麗な
沈黙の
巣を作り
空身《カラミ》のまま
横たえて
抱き締めて

引き裂いて
仮り初めにも
不死トイウ
（屍《カバネ》）の
薫香《タキモノ》をくべる
やわらかな
腐爛から
孵卵の
ルフランへ
どこまでが
死のけむりで
どこから
肉の悲鳴なの？
ぎこちなくも
（神秘）
の、空箱《カラバコ》を
にぎりつぶして
火の目覚めからも
石の睡りからも

ときほどかれる
むらさき匂いの
夜ノ腸《ハラワタ》から
月の
胎児が
弥勒のように
微笑む
浄福《ジョウフク》にも似た
満ち潮の
刻限を待って
永遠トイウ
砂の亡霊
の、影に
囲われたまま
アナタは
瞳にいっぱいの
蒼い血
を、泛《ウカ》べて
白雨《シラサメ》のように淡い

衣裳《チュニカ》を脱ぎ
黒い瀧のような
髪を下ろし
犬狼《シリウス》の
星にむかって
ほっそりした
腰の羽根をひろげ
痛いたしく腫れた
夢の傷口、を——
光ノ火箭《ヒヤ》
で、突く
ソノ夜、幾億もの
黒ノ花弁が
死ノ卵のように
降り、そそぎ
降り、そそぐ
彼方に
仄明るい
雪ノ血

を、吸う
霊《ヒ》ノ口唇
が、微かに
歪んで
白蝶の翔ぶ
（黄金詩）
を、胎む
蛹ノ夢
を、託《コトツ》ける
ナニモカモ
蔑《ナ》みする
神さびた
白光
に、撃たれたまま
ひとり孔雀のように
風ノ実
を、啄《ツイバ》み
柘榴いろの
悪ノ華

を、一挿し
翳《カザ》して
（空《クウ》）を
見つめながら
墜ちつづける
野いばらの
蕾のままに枯れた
手を、差しだし
「O-Blossom!」と、
叫んで
仰向けになって
うすにびあわいの
微光のような
喪の星々
の、苗床に、
帰っていく
祝福された
亡霊——トナッテ……

モシカシテ
アナタハ
愛ノ爪
デナケレバ
死ノ吸盤
デハアルマイカ
いつの夜も
月にふる
雪をおもへ
ことの葉の
散り絶えた後に
青みがかった
黒い
血の、匂い——と
真夜中の
薔薇
の、足音を聴く
深淵カラ

深淵ニ
到るまで
空の
廊下を
渡り、ただよい
静かな
（声ノ中庭《アトリウム・ヴォカーレ》）
――を、通り、抜けて
沈黙の
枝から
沈黙――の
枝の、先へ
幽《クラ》い
夢ノ底ひ、を
曳く
雪舟《ユキフネ》の
振鈴《シストラム》――の、音
（――が、聞こえたら）
ゆくりなく

夜の、鳥は――、
歌うまえに
羽撃く

IX
（もはや二度と《ネヴァーモア》）

春の野に
雪の血が
舞い、滾《コボ》れる
狩衣《カリギヌ》の
生絹《スズシ》に似た
一重の
空霊《クウレイ》の衣装
を、纏い
枯れ骨にまごうほど
朽ちた
手の窪に
黒い火芯を裹《ツツ》んで
微熱を孕む
月の匂い
を、嗅ぎわける
ぬるまる
まんだらな
闇のたまりに
彳み《タタズ》

照らし、曇らし
照らし、曇らす
ソノ、仄かに
慄《フル》える
睫毛の先に
溺れる
光——の
ささめごとを掬《スク》う
ひきひきと
蓮《ハチス》の糸
を、縢《カガ》る
死の爪に
彫られた
永遠の
秘文字〔nevermore〕
——を、
揺れ、うめく
舌の火尖《ホサキ》に
写し取る

仮死の咲く
言の葉
の、くぐもる
けむりを喫《ス》い込み
菫の
夜の喉を
絞めつける
声にならぬ
声——を
引き裂き
盪《トロ》めく
眇眼《スガメ》に
泛びあがる
鵠《コク》——の
羽撃きに
射すくめられたまま
あられもなく
昂まる
痛みと歓びに

痙攣する
肉の
細《ササ》濁る
声の泡に
身も蓋もなく
恍惚とした
鏡の刃となって
膝の星を
刳《ク》りぬき
腰の
羽根を毟《ムシ》りとり
花首《ハナコウベ》の
台《ウテナ》を切り落す
桜桃襲《ガサネ》の
胸枝を
片削ぎ
妖光に曝し
鈍《ニビ》いろの
針の蓆《ムシロ》に

添い臥す
阿婆擦《アバズレ》のように
さまよう星々の
咒《カシ》りと
歎きに
倚りそい
疵《キズ》をかばう
鷺《サギ》の爪尖
さながらに
踏み、とまどい
踏み、とまどう
沈沈《チンチン》と
夜の塵
——を、泛べた
苔みどりの
沼の底ひに
彼《カ》の岸
に、懸かる
面影橋——を

眺めやる
孌《レン》──という
瀕死の
蝶の羽から
舞い、滾《コボ》れる
雪ノ炎
に、焦がれ
黒髪を
這う
一挿しの
蛇苺に似た
茜いろの実が
毀れる
ゆくりなくも
蒼白の
愁い、霞《カス》めき
静やかな
血の脈に
磨硝子《スリガラス》いろの

光ノ精
を、灑ぎ
淡青《ウスアオ》い
さなぎ形の
尸《カバネ》の
粘膜にくるむ
有明の
夢にまぎれ
柊《ヒイラギ》の枝をふるい
月狂いの蜜を曝き
瘧《オコリ》のついた
女童《メワラベ》のように
あられ走る
餓鬼阿弥に憑いた
痛ましい
闇の人形《ヒトガタ》を
幾重にも
抱きすくめ
踏みしずめ

黒い花弁の
鏡筥《カガミバコ》に鎖《ト》じて
陽の翳る
眼の沼に
鎮める
うすうすと
黒む
水沼《ミヌマ》に
かげろうが
揺らめき立ち
虚空に
朧げな
橋立《ハシタテ》が
伸びてゆく
うるみ色の
眼窩を
爪先立ちの
木蓮の
尼がよぎる

なにごころなく
あまやかな
雪の血は
和三盆の
擢けるように
揺れ
頽《クズ》れ
撓《シナ》い
舞う
夜ごとに
熟れていく
白桃いろの
舞踏蜜を狩り
花花しい
ばさら髪に
蛇花火の
花冠を載せ
真珠いろの
姫鑑《ヒメカガミ》 に点る

薄もようの
兎唇《ミツクチ》を吸う
ゾッとする
嫋《ナヨ》やかな
死の指尖に
撫でられた
白首を晒し
殺げ落ちた
月の片頬に
ほほ紅を差す
頑なに
蕾の形に
掌を合せた
血の華の祈りを
肉色の
ぼんぼりのなかに
匿して
桃の花びらを
塗りこめた

暁の
さなぎのような
死に膚《ハダ》を
絶対の
供物に立てて
眼のなかの
隠沼《コモリヌ》に
堕ちていく
「もはや二度と」
生れて来るな、と
叫び、囁く
声の
精霊《スダマ》を
未知の導《シルベ》にして
風の脛《ハギ》をたたみ
ぬらりと
肉膚を脱いで
殯《モガリ》の
夜の下腹を

匍う
一疋の
穢《ケガ》らわしい
愛の蛆虫――に、なって！
ことの葉の
白露《シラツユ》が
枯れ、衰えるまで
優しい
息の根を止め
奈落の
目玉に映る
星の井戸
に、もぐり
蹠《アシウラ》の
揺れる
吊り橋を
切り落し
形なきものの
影が

棲息する
昏い水精の
焔のなかに
忍び入る
素性なき
白痴の火で
唇を灼き
舌を潔め
ソレ自身を
一箇の
「監禁体」にして
光の跡切れる
肉の余白に
放逐され
廃れるがまま
死の
間道に
ころげ落ちる
闇の

白桃を
一顆《ヒトツブ》
袖包みに
抱いた手が
たゆたゆしく
仄かな
雪の息を
慕うほどに
紊《モツ》れ
ほつれ
綻ぶがまま
舞い
破《ク》片《ダ》ける
ためらいがちに
黙《モダ》しあい
擬《モド》きあう
血と沫雪の
秘めごとを
透かし明かす

羞じらいの
残り香に
指を染めて
濫《ミダ》りがましく
暗黒の
不壊《フエ》の
瘡口《キズグチ》を
劈き
なぞり
美よりも
素迅く
夢の断面に
写し採る
油然《ユウゼン》と
血を流す
愛と死――の
縛めをほどき
黝《カグロ》い
火の花嫁が

灰かぶる
浄らかな
被衣《カズキ》を
剥がし
あえかな
捨火になる
肉の屑に
一塵の
埃の笑い
を、授ける
傲りもなく
蔑みもない
憐れみもなく
憤りもない
ソノ、屈託のない
笑いのなかに
雛の
柔らかな
綿毛の

羽搏きが
栖みつき
涼し気な
空霊の匂う
幽かな
衣ずれが
沁み入る
はるかな
春の野に
仮り初めにも
肉の叢雲《ムラクモ》を裁ち
しめやかに
浄夜の
月の出に
埋《ウズ》み火のように
（雪舟《ユキフネ》）
——を、待ち侘びる
ソノ、
起ち尽くした

ままの
祈りに
天窓に
吹く血のように
春の埃――が
舞い、灌《ソソ》ぐ
風の睫毛に
壊れた玩具に
貝殻と種子の寝床に
星の実をひろう
あどけない子の肩に
夕闇の
呼ぶ声がして
つと振りむくと
雪の柩――に
舞い、散り
舞い、滾《コボ》れる
花染めの
声の

精霊《スダマ》に濡れた
片袖を搾って
彼《カ》ノ空に
懸かる
橋立《ハシタテ》の上を
黒い
迎い火——が
揺らぎ
歩いてくる
あゝ、
人でなしの
肉、恋しや
春の雪

⁂

ひとしずくの闇をくちづけに——
目覚める空−虚。
かすかな轟音——。
彼方に——。裂果と雷鳴

（完）

（間《あわい》）を巡礼する言葉――河村悟 頌

間奈美子

実をいえば、詩や詩人という言葉を好まずにいた。若い時分、一九九〇年代には、すでにそれらは本来的な顧慮なく用いられ、自称され、現代詩の世界は自我と抒情の出涸らしばかりが浮流する閉塞状況にあった。私は詩という言葉にすら距離を置き、ただ理由なく惹かれて仕方のないすべてのコトバのうえにセカイの一閃を予感しながら、独り手探りした。

その途上で、わずかの美術家や言語美術家との出会いに救われてもきたのだが、河村悟さんとその仕事との邂逅は、衝撃とともにひどい焦燥を伴うものだった。それまで河村悟という聖を未知のまま過ごしてきたことの不覚。この人こそ詩人、いえ、詩そのものではないのか――と。

コトバを書くから詩人なのではない。そして、コトバだけが詩なのではない。おそらく詩とは、科学知以外のあらゆる仕方でセカイを直接触知すること、そのようないとなみや事象すべてをいう。そのために先立つ感受のもとに思惟し、行動し、書き、生きられた河村悟という人を知った時、たちまち敬慕の星となった。

ここで述べるのは適切ではないかもしれないが、河村さんはおそらくコトバだけではまったく不充分であると直観しておられて、詩文や句のほかに、ドローイングや写真作品を創り、とりわけ舞踏ではレクチャーやエスキース制作、舞台作業まで踏み込まれていたと聞く。この上はないまでの土方巽論もあり、多大な示唆を受けられたと思うが、言語との表裏で舞踏という身体・空間を置かれたことは言い過ぎることのない重要事だと思われる。

舞踏とは、一言にすれば、身体が自然を取り戻すことだろう。そして、詩文とは、コトバとモノをふたたびとり結び、精神（ヒト）が自然を取り戻す、すなわちセカイを取り戻すことであり、河村さんは、この存在論的な美の理念に基づいて、言語と身体という二つのメディウムによる創作に生涯取り組まれたことになる。河村さんにとって、おそらくコトバは身体と一つだった。精神と一つというだけでは不足だ。さらに、自然と精神、コトバと身体の接近を考えるために、哲学・思想もよくされた。ここまで、言語・意識・身体がセカイへとチューニングする思索と創作を行なった詩人がどれほどいただろうか。自己の客体化、メディウム化、他者感知、そして根源的存在の触知へ。この境位を垣間見ると、朧げに詩は自我でも私情でも抒情でもないと覚えられていたことも、明瞭なイメージと信をもって言い切ることができる。

「ところで詩人とは、この《世界》と《言語》をひとつのものに融合させるために贈られた《天の木馬》である」

「肉体の不透明さは、つねに言語の手前にあって言語の彼方をめざしている」

（『純粋思考物体』河村悟、テテクイカ、二〇二一年）


最期まで記されたこの詩集『裂果と雷鳴』にも、そのような河村さんの在り方が全面にあらわれていると思われ、僭越ながら触れさせていただきたい。

短いフレーズで区切られた一連のテクストには、「死の卵」「星の膝」といった濫喩によるあり得ないものの影像も含めて、終始、ものの「動き」がまなざされている。

阿婆擦《アバズレ》のように／さまよう星々の／咒《カシ》りと／歎きに／倚りそい／疵《キズ》をかばう／鷺《サギ》の爪尖
／さながらに／踏み、とまどい／踏み、とまどう／沈沈《チンチン》と／夜の塵／──を、泛べた
／苔みどりの／沼の底ひに／彼《カ》の岸／に、懸かる／面影橋──を／眺めやる／孌《レン》
──という／瀕死の／蝶の羽から／舞い、滾《コボ》れる／雪ノ炎／に、焦がれ／黒髪を／這う
／一挿しの／蛇苺に似た／茜いろの実が／毀れる

ほんの一部に過ぎないが、このように止まることなく続くテクストは、どれも主体は記されたものたち、というより、そのように在るものがまなざしでただ繋がっていく主体なしの稀有な空間・テクストである。無論「わたし」もなければ何かを言おうともしない。代わりに重要なのは、ものたちの一つ一つの「動き」を示す言葉がひときわの慎重さをもって置かれていることだ。観られ、囁かれたままのコトバを拾いながら、また語に導かれるよう意識を任せているようにもみえる。

「咒《カシ》り」「倚りそい」「疵《キズ》をかばう」「踏み、とまどい」「沈沈《チンチン》と」「泛べた」「眺めやる」「舞い、滾《コボ》れる」「毀れる」……。全篇を通してこのような「動き」に合わせられた焦点が追うのは、静止した物ではなく、「(間《あわい》)」ではないか。この言葉は、本文中に、括弧付きで記されており、目にした時にすべてのテクストがここに集束するように感じられる。

常にセカイはものとものとの不可視のあいだにある、たがいの交感や「動き」という無限の「こと」のざわめきそのもののうちにあるという理念。それがこのテクストの記法ではないだろうか。存分に無私となり、コトバを先立たせ、巡らせ、それらの「(間《あわい》)」を巡礼するために。

河村さんは、まさにそのようにセカイを観ていたと思う。個々のもののあいだの一瞬間の動きのエフェクトを、無明の「こと」のあいだに在るセカイを。日本でも異邦の地でも、トランク一つで方々を逍遥されていた時も。そして、言葉に記しながら、ご自身は徐々に透って言葉に、やがて詩そのものになられたと私には感じられる。

本書の主題名『裂果と雷鳴』にも一言だけ触れるなら、果実が裂けるその瞬間、生じる傷は、

河村さんの思想の一つの象徴ともいえる。この詩篇にも、「傷」や「血」という言葉がみられ、ここでは紙幅がないが、河村さんにおいてそれらは神の恩寵に関係する。題は、果実が裂ける時、裂け目は稲妻のかたちを生じ、遠くで雷鳴が轟く、とみたらよいだろうか。この原初を思わせる戦慄と畏れの光景は、河村悟さん最後の作品の冠としてふさわしく奇《く》しい。

私も本書にあらためて思う。河村さんの後につづいて、微力ながら果敢に、じかにセカイに触れんとする触雷の瞬間へ、コトバと身体をもって待機していようと。

（はざま・なみこ　言語美術）

二〇二四年一月

【覚書】

河村悟さんとの出会いは、『純粋思考物体』（テテクイカ、二〇二二年）の制作だった。随分以前に、河村さんが京都左京区に寄寓されていた折、おそらく恵文社だろう、当方が造本したインディペンデント・プレスの本をいくらか見られたことを覚えていてくださり、ありがたいことに造本のご指名をいただいた。

本の完成を喜んで下さったものの、折しも世はCOVID-19のさなか、ご体調の加減もあり、お会いしに赴くことが叶わないまま、昨年一月に河村さんは鬼籍に入られた。残念でならないが、今もご著書を通して対話を続けている。

解説

佐藤究

本書は、河村悟（一九四八―二〇二三）が遺した最後の詩集になる。亡き詩人の思い出を書けばきりがないが、ここでは私にあたえられた役目、作品の解説に専念したい。

『黒衣の旅人・後篇　裂果と雷鳴　或る天使刑の破片』というタイトルのとおり、本書は二〇〇六年に刊行された『黒衣の旅人』（書肆あむばるわりあ）につづく作品として書かれ、前篇の六部構成Ⅰ～Ⅵを承《う》けて、Ⅶからはじまり Ⅸで終わる三部構成となっている。

独立した作品とみなされても何ら差しつかえのない三つの詩は、河村悟の意図によって、書かれた時系列とは異なる順序で収められているため、各作品の完成した日付を、直筆原稿の末尾にしたがってつぎに記しておく。

Ⅶ（われもまたアルカディアにあり）― 2009.9.16
Ⅷ（いつの夜も月にふる雪をおもへ）― 2010.3.6
Ⅸ（もはや二度と《ネヴァーモア》）― 2008.4.20

つまり三つの詩は、「Ⅷ（いつの夜も月にふる雪をおもへ）」が書かれた二〇一〇年三月の時点ですでにそろっていたことになるが、河村悟は二〇二三年一月二十四日、病床で口述筆記をおこない、四行の詩の追加をもって全体の完結とした（本書五五ページ）。

河村悟の書いた詩は、本人もよく語っていたように、いわゆる戦後の〈現代〉詩のどこかに区分されるものではない。土方巽の舞踏への接近がときに吉岡実の詩との親和性を感じさせる瞬間もあるが、しかし都市の風景や個人の生活を喚起させる要素はまったくなく、そういった意味でやはり〈現代〉性は徹底して排除されている。

読み手がそこに重ねようとするいかなるイメージも拒絶して、かと思えばひとすじの光のように暗闇を照らしたりもする詩は、いったいどのようにして書かれたのだろうか。詩人が詩を書く秘密を解くのは不可能だが、その謎の一端をのぞき見ることはできるかもしれない。河村悟が土方巽の『病める舞姫』を論じたテクストから引用しよう。

ここには「私」じしんのある〈行〉が漏らされている。それはどう表現してもいいのだが、とりあえず〈物体凝視法〉とよんでおこう。おそらく「私」の物に注ぐまなざしは、通常の時をはるかに逸脱していた。そうするうちにやがて「愚かな記憶」が「裸」になって、記憶の零度に到達する。そして忽然と、存在の綴じ目が破れて「西日のさす宇宙」に「私」は全開される。この反転のメカニズムによると、記憶‐時間の最後の一滴が蒸発すると同時に作動スイッチがはいり、つぎの瞬間〈裏宇宙〉的光景（中略）が生起する、というわけである。

――『肉体のアパリシオン――かたちになりきれぬものの出現と消失――土方巽『病める舞姫』論』
（第4章 凝視と裏身体）

迷宮じみた舞踏家の著書、『病める舞姫』を読み解くために書かれた前述の文章は、奇蹟のようなすぐれた分析であると同時に、河村悟がどのように詩を書いているかという秘密の開示としても読めるのではないだろうか。

河村悟が終生追い求めたのは、あらゆるイメージが燃え尽きてしまったその先、光はおろか、時間さえも粉々に砕かれているような場所だったはずだ。そこに〈裏宇宙〉の逆光がある。そういう場所を河村悟は〈間《マ》〉と呼んだりした。ちなみに本書では、河村悟は〈間〉という文字に「アワイ」というルビを振っている（一一ページ）。

ここで、作品のルビについて説明しておかなくてはならない。本書では河村悟の直筆原稿で指示されたルビ以外に、編集上の判断で難読と思われるものには、適宜ルビがほどこされている。この作業にあたっては河村悟の流儀に倣《なら》い、すべて〈カナ〉が用いられた。他国語で漢字を読むといったようなルビにかんしては、いうまでもなくすべて直筆原稿の表記どおりである。

解説の役目からは少し逸れるが、『黒衣の旅人・後篇　裂果と雷鳴　或る天使刑の破片』の存在が最初に世に知らされた経緯を付記しておきたい。

二〇二三年十月二十日に上梓した拙著『幽玄F』（河出書房新社）、そのエピローグのエピグラフとして、私は河村悟の遺した最後の四行の詩を置き、本書のタイトルを併記した。本書の刊行に先駆けて、引用許可を生前の河村悟本人から得られた幸運に、いまはただ感謝したい。『幽玄F』の刊行時には、残念ながら河村悟はこの世を去っていた。そのため私は同書巻末の謝辞において、「いずれは遺稿の刊行にたずさわりたい」と記したが、多くの方々の力を借りて、思いがけない短期間のうちに約束を果たすことができた。

とはいえ、本書の前篇『黒衣の旅人』の復刊も、これからの作業として残っている。

河村悟。一人の詩人が地上を歩いた旅は、七十四年の月日で終わりを迎えた。扉は閉じられたが、本書の刊行によって新たな窓が開け放たれた、という感がある。その思いが確かであるなら、開かれていない窓はまだいくつもあるのだ。それは、詩人の遺した数々の未発表作品という窓にほかならない。

二〇二四年一月

（さとう・きわむ　小説家）

著者

河村 悟（かわむら さとる）1948-2023

青森県生まれ。著書に、詩集『スピリチュアル・タイクーンの為の舞踏メモ』（メルクリウス社 1984）、『聖なる病い』（思潮社 1986）、『目覚めると雷鳴の巣のなかにいた』（ニ・ニ・セ・フィニ カンパニー 2003）、『黒衣の旅人』（書肆あむばるわりあ 2006）、『涅槃雪抄』（七月堂 2020）、詩画集『毛深い砂漠を、横切って──。』（画・高松衣緒里 未来工房 1995）、講演録『詩人を天上から引きずり堕ろせ──詩と声と迷宮舞踏』（スタジオポエニクス 2001）、評論『肉体のアパリシオン──かたちになりきれぬものの出現と消失──土方巽『病める舞姫』論』（クレリエール出版 2002）、『舞踏、まさにそれゆえに──土方巽曝かれる裏身体』（現代思潮新社 2015）、句集『弥勒下生』（七月堂 2017）、『純粋思考物体』（テテクイカ 2022）。

佐藤 究（さとう きわむ）

1977年福岡県生まれ。2004年、佐藤憲胤名義の『サージウスの死神』が第47回群像新人文学賞優秀作となり、同作でデビュー。16年『QJKJQ』で第62回江戸川乱歩賞を受賞。18年『Ank: a mirroring ape』で第20回大薮春彦賞、および第39回吉川英治文学新人賞を受賞。21年『テスカトリポカ』で第34回山本周五郎賞と第165回直木三十五賞を受賞。近著は『幽玄F』（河出書房新社 2023）。

間奈美子（はざま なみこ）

1968年生まれ。1994年、未生響名義で言語美術と造本を一つとした作品を刊行するインディペンデント・プレス「空中線書局」開設。刊本、展覧会多数。1999年、美術・文学書籍の編集・制作を請負う「アトリエ空中線」設立。2012-23年度、詩学研究室 POESIUM 開設・第I期開講。2015-22年、京都芸術大学講師。23年-「浄土複合」講師。23年- POESIUM 第II期〈詩学史〉研究会開始。

黒衣の旅人・後篇

裂果と雷鳴　或る天使刑の破片

著　者　河村悟
発行日　二〇二四年二月二日
発行者　佐藤究
発行所　テテクィカ
tetecuica.studio@gmail.com
制作協力　佐藤香代子、高橋晶子
造本組版　アトリエ空中線　間奈美子
印刷製本　渡邉製本株式会社

ISBN 978-4-9912686-1-8　Printed in Japan